AF613410

DES CHIFFRES

ET

DES FAITS

SUR

LA SITUATION ACTUELLE.

PARIS,

CHEZ DELAUNAY, LIBRAIRE,

PALAIS-ROYAL.

JANVIER 1832.

PARIS, IMPRIMERIE DE P. DUPONT ET G. LAGUIONIE,
RUE DE GRENELLE SAINT HONORÉ, N° 55.

DES CHIFFRES
ET DES FAITS
SUR
LA SITUATION ACTUELLE.

De toutes parts des cris de détresse se font entendre; chose étrange! ils partent à la fois du sein de la richesse, et des rangs bien plus nombreux de la pauvreté!

Les uns ne peuvent voir sans effroi la misère du peuple : ils redoutent, ils annoncent presque comme certaine la lutte de ceux qui n'ont rien contre ceux qui possèdent, et ne trouvent rien de mieux, pour en amortir les funestes effets, que de montrer de la force et peut-être de la violence. Seraient-ils assez aveugles pour dire, comme les royalistes de 1816: « Nous sommes les plus forts « et les plus nombreux. »

Les autres, qui souffrent réellement, et pour lesquels on a si peu fait depuis dix-sept mois, tandis qu'il y avait tant à faire, s'agitent, se tourmentent, et sur quelques points de la France, par des excès déplorables, nuisent à une cause que recommandent des intérêts si pressans, et qui a pour juges ceux mêmes contre lesquels ces excès sont dirigés. C'est l'imprévoyance du désespoir.

Cette situation difficile, dangereuse, appelle la sollicitude du gouvernement, les investigations et le concours de tous les bons citoyens.

Essayons d'y jeter quelque lumière : apportons notre tribut. Nos efforts pour signaler les causes du mal, pour indiquer, avec le doute de la bonne foi, les remèdes qu'il faut y apporter, pourront être impuissans : ils seront du moins des preuves de notre zèle et de notre dévouement aux intérêts du pays.

La faveur publique, qui recherche avec tant d'empressement les pages éloquentes échappées à des plumes célèbres, sur d'importans événemens ou sur de hautes questions politiques, accueille rarement aussi bien les écrits où l'on traite d'intérêts matériels, quoiqu'ils touchent souvent de plus près au bien-être de toutes les classes de l'état social. Les chiffres et les détails qui s'y rattachent, éloignent beaucoup de lecteurs de ces discussions positives, mais peu brillantes, où l'on ne peut déployer ni les richesses de l'imagination, ni les charmes de la poésie, ni l'élégance d'un style piquant et léger.

Réclamons aujourd'hui quelque peu d'attention bienveillante, nous pourrions dire même quelque sollicitude personnelle, de la part des classes éclairées auxquelles seules nous nous adressons, puisqu'il s'agit ici de leur existence et de leur tranquillité, en même temps que de l'existence et de la tranquillité des classes inférieures.

Des événemens récens démontrent qu'une grande révolution sociale doit inévitablement s'accomplir. Les intérêts matériels, comme les intelligences, éprouvent un besoin impérieux des améliorations qui sont les conséquences nécessaires des progrès de la civilisation. Il faut que le développement de ces améliorations se fasse avec le concours des pouvoirs de l'état; s'il s'opérait sans eux, il les entraînerait avec lui.

Pour comprendre combien ces résultats sont à redouter, il suffira de se rappeler dans quelles conditions s'exerce l'influence des intelligences sur les masses.

L'action du levier, admirable création de l'esprit humain, donne au bras le plus faible, la puissance nécessaire pour mouvoir les plus lourds fardeaux.

L'application d'un simple filet à la bouche d'un cheval fougueux, permet à un enfant de le dompter et de le conduire.

Les douces paroles que prononce une bouche éloquente et persuasive, les traits rapides et les images hardies tracés par l'homme de génie, remuent les populations et les entraînent, tour à tour, de l'agitation au repos, du repos à la victoire.

Mais pour obtenir ces résultats, il faut

Que le levier n'ait à vaincre qu'une résistance inerte;

Que le cheval n'ait pas le sentiment de la force brutale;

Que l'influence morale exercée par l'homme supérieur, soit en rapport avec la situation des intelligences auxquelles il s'adresse.

Changez ces conditions, les résultats changeront aussi.

A mesure que l'esprit humain et la civilisation font des progrès, les masses s'éclairent; à mesure qu'elles s'éclairent, elles éprouvent de nouveaux besoins *intellectuels* et *matériels*.

Il faut satisfaire les uns et les autres.

Il faut diminuer les charges qui pèsent avec excès sur les classes inférieures de la société, lorsqu'elles perdent, par l'instruction, cette infériorité.

Dans leur état actuel, ces charges sont hors de proportion avec celles que supportent les classes aisées; il est facile de le prouver.

La masse des contributions de toute nature qui se paient en France, soit aux agens du trésor, soit aux caisses municipales, égale au moins le quart des revenus de toute espèce.

On a qualifié, à tort, une portion seulement de ces contributions, d'*impôts de consommation*.

Excepté l'impôt personnel, qui est le moindre, il n'y a réellement, en France, que des impôts de consommation.

En effet, l'impôt direct payé par le propriétaire d'une ferme, d'une maison, n'entre-t-il pas pour une somme proportionnelle dans le prix de son blé, ou dans celui des baux qu'il consent à ses fermiers, à ses locataires?

Du moins ne pourra-t-on nier que le capitaliste qui achète une terre, une maison, n'ait grand soin, pour établir le revenu net qu'il trouvera dans son placement, de déduire du revenu brut qui lui est annoncé, le montant des impôts qu'il lui faudra payer.

Le consommateur qui mange le pain et celui qui habite la maison, paient donc seuls en réalité, indirectement, il est vrai, le montant des contributions foncières. Il en est de même de toutes les autres, puisque le producteur qui en fait l'avance, s'en fait toujours rembourser par le consommateur.

La classe ouvrière ne gagne, généralement, en France, que la somme strictement nécessaire à son entretien. Le prix d'une journée de travail est, au plus, terme moyen, de 1 fr. 50 c., et en supposant trois cents jours de travail par an, c'est 450 fr. pour chaque journalier. Il faut que cette somme suffise à tous ses besoins personnels et à ceux de ses enfans en bas âge, car, s'il est marié, sa femme est elle-même forcée de travailler pour vivre. Les 450 fr. ne suffiraient pas à l'entretien de toute la famille.

Cet homme consomme donc en loyer, en vêtemens et en nourriture, une valeur représentative des 450 fr. qu'il a gagnés, et le quart de cette somme entre dans les caisses de l'état, ou de sa commune, en passant, il est vrai, par les mains du cultivateur qui lui vend son blé, sa viande et son vin, du fabricant qui lui fournit ses vêtemens, et du propriétaire dont il tient un abri.

Ce sont là les premiers collecteurs qu'il ait à satisfaire, d'autant plus impitoyables, qu'il faut les payer, ou mourir de faim et de froid.

Cet impôt de 112 fr. 50 c., énorme pour qui

ne peut gagner plus de 450 fr., il faut que le pauvre le paie, soit qu'il travaille, soit qu'il manque d'ouvrage; car la faim est là qui le talonne; et à chaque morceau de pain qu'il achète, il acquitte forcément une portion de sa taxe. Il ne peut s'en exempter qu'aux dépens de son existence. Il paie ou il meurt.

Il ne faudrait pas dire que les 112 fr. 50 c. payés à l'état par l'ouvrier, sont la source des 450 fr. de salaires qu'il reçoit chaque année, ou en d'autres termes, qu'il n'obtient de travaux qu'en raison de l'élévation du budget.

Dans les pays où les impôts sont presque nuls, comme aux Etats-Unis, en Suisse, et dans une partie de l'Allemagne, l'industrie particulière, affranchie des entraves du fisc, reçoit un développement d'autant plus actif. Ce résultat est remarquable, surtout en Suisse, pays où il y a peu de culture, et où la plupart des bras sont occupés dans les ateliers, sans que le gouvernement y contribue le moins du monde, ni par des commandes directes, ni par le luxe des fonctionnaires.

Les états surchargés d'impôts présentent un spectacle tout contraire. La taxe des pauvres, et les révoltes d'ouvriers, si fréquentes en Angleterre, sont là pour le prouver.

Le tableau que nous venons de présenter, n'est nullement chargé. Les 112 fr. 50 c. du journalier, sont certainement pour lui d'un poids plus lourd, que les 60,000 fr. d'impôts directs que paie, dit-on, un ancien ministre, l'un de nos plus grands propriétaires.

Le riche, en effet, ne supporte réellement que les impôts qui se rattachent à sa consommation personnelle, ou à celle des gens à son service. Le reste lui est remboursé par les consommateurs qui achètent les produits de ses fermes, le bois de ses forêts, le fer de ses usines. Il est ainsi affranchi de toute contribution sur la portion de son revenu qu'il économise chaque année, et qui vient accroître ses capitaux.

Enfin, s'il paie beaucoup pour lui-même, c'est parce qu'il consomme avec excès; il ne tiendrait qu'à lui, en se bornant au stricte nécessaire, de réduire sa quote-part des impôts.

Voilà ce qui constitue principalement la répartition inégale des charges publiques, et ce qui prouve qu'elles sont payées par les pauvres, dans une proportion bien plus forte que par les riches.

D'autres causes viennent, sans doute, concourir à cette inégalité. Les taxes n'atteignent que fort peu, et souvent même pas du tout, les jouissances de l'homme opulent. L'homme du peuple, au contraire, trouve un impôt pour chacun de ses besoins ou pour chacun de ses plaisirs. Les droits qu'il acquitte sur une pièce de mauvais vin, sont aussi élevés que ceux qui frappent sur le Pomard ou sur le Chambertin. Il n'y a là ni justice ni raison.

Les classes inférieures sentent cette situation sans la définir. Elles se plaignent seulement de la cherté de la vie. Quand le travail abonde, elles peuvent trouver momentanément une indemnité dans l'élévation du prix des journées. Mais alors le fabricant ne peut plus soutenir la concurrence des pays étrangers où l'on paie moins d'impôts et où la main-d'œuvre est à meilleur prix. Il cesse sa fabrication, ou bien il est forcé de baisser les salaires, et l'ouvrier retombe dans la misère.

Voilà le principe des troubles de Lyon : cette position fâcheuse de la classe ouvrière n'excuse pas, sans doute, les circonstances funestes qui les ont accompagnés, mais elle les explique, et trace au gouvernement la marche à suivre pour en éviter le retour.

Il faut, nécessairement, réduire les charges excessives qui, directement ou indirectement, pèsent sur les classes inférieures; c'est le seul moyen d'améliorer leur situation d'une manière notable.

Mais par quelles mesures peut-on arriver à ce but?

Des écrivains et des orateurs célèbres ont indiqué depuis long-temps, comme un préliminaire indispensable, une réduction des dépenses de l'état. Leurs efforts pour obtenir cette réduction ont eu bien peu de succès jusqu'ici, car chaque session a vu, au contraire, s'en élever le chiffre dans une progression effrayante. Le milliard de la restauration, énorme amplification des budgets de l'empire, nous est arrivé, comme une avalanche, grossi par la tempête de juillet.

Nous signalons ici un fait qui ne peut être contesté. Toutefois, il convient d'examiner s'il était possible d'éviter, en dernier lieu, ce nouvel accroissement des dépenses publiques.

Pour les hommes initiés aux affaires, cette question n'en est pas une. L'administration s'est évidemment trouvée, depuis le mois d'août 1830, dans des circonstances toutes d'exception, qui ont exigé des dépenses extraordinaires et indispensables, quoique la situation réelle du pays exigeât impérieusement un dégrèvement, au lieu d'une surtaxe.

Il devient nécessaire ici, de jeter rapidement un coup d'œil en arrière.

Les Bourbons ont laissé la France dans un état de prospérité factice, qui se manifestait uniquement par l'exagération que la spéculation et l'agiotage avaient donnée à toutes les valeurs.

Les jeux de bourse, encouragés pour faciliter l'écoulement des rentes dont les emprunts amenèrent l'émission, ont, bientôt après, réagi sur les terrains et sur toutes les propriétés. Les charges de finances et les offices judiciaires furent également portés à des prix immodérés. Toutes les fortunes s'étaient ainsi nominalement accrues, sans que les produits réels eussent augmenté le moins du monde.

La fièvre de la hausse devint si forte, qu'elle effraya même les imprudens qui l'avaient excitée. Elle fut poussée au point que des gens, qui jusque-là avaient passé pour raisonnables, appartenant à cette classe de la population qui ne vit que de ses rentes, et n'a d'autre soin que d'y ajouter, s'empressèrent au contraire, par une espèce de vertige, de sacrifier immédiatement *un cinquième* de leur revenu, dans l'espoir très éventuel, et même fort incertain, d'accroître leurs capitaux d'*un tiers*. Cependant, cette bonification illusoire se fût-elle en effet réalisée, n'aurait pu produire aucune amélioration dans leur bien-être, puisque la réduction de leur revenu était irrévocable, qu'elle les obligeait à réduire proportionnellement leurs dépenses, et que le but avoué de l'opération financière, au succès de laquelle ils concouraient si généreusement, étant d'amener ainsi successivement la baisse du taux de l'intérêt, il en devait résulter, infailliblement, de nouvelles diminutions dans leurs ressources annuelles.

La guerre d'Orient arrêta l'essor du plan gigantesque de la conversion générale de toutes les dettes publiques de l'Europe, mis à exécution seulement sur plusieurs places. Cette vaste conception, funeste aux intérêts industriels, puisqu'elle n'était point la conséquence du mouvement naturel des affaires, n'a eu pour résultat que de procurer, aux banquiers célèbres, entrepreneurs de ces grandes spéculations, d'immenses bénéfices, prélevés sur les dupes qui placèrent leurs capitaux dans les effets nouveaux, émis à un taux d'intérêt inférieur.

C'est donc à la prospérité des banquiers convertisseurs, à celle des spéculateurs à la hausse des rentes, et des agioteurs de toutes les classes, que se bornait, au mois de juillet 1830, la prospérité industrielle de la France; car l'agiotage aussi est une industrie. Les seuls signes de la richesse publique résidaient dans le taux exagéré de la valeur nominale donnée aux propriétés de toute nature.

Du reste, nos armateurs ruinés, nos usines fermant l'une après l'autre, nos fabriques encombrées de produits auxquels la consommation intérieure ne pouvait suffire, et qui ne trouvaient aucun écoulement dans l'exportation, notre agriculture en souffrance, nos vignobles sans débouchés, témoignaient assez de l'incapacité réelle des ministres de la restauration.

Une portion de ces maux a aussi été attribuée à l'activité que l'application des machines à notre industrie manufacturière donne à la production.

Quelques genres de fabrication ont, il est vrai, reçu de l'accroissement par l'emploi des procédés mécaniques; mais si l'on compare le petit nombre des chevaux de vapeur que représentent nos machines à feu, avec ce qui existe à cet égard en Angleterre, on reconnaîtra, par notre immense infériorité, combien peu cette objection est sérieuse.

Lorsque, par une mauvaise administration, on a ruiné le commerce extérieur d'un pays, en fermant les ports étrangers à ses expéditions, et diminué sa consommation intérieure, en surchargeant le peuple d'impôts pour des dépenses qui ne lui profitent pas, il est naturel qu'on accuse l'industrie de produire trop, car, en effet, ses produits ne trouvent plus assez de débouchés. Mais quel est le coupable dans ce cas, du gouvernement ou du producteur?

La crise commerciale commença en France en 1824, époque où les effets publics atteignirent, pour la première fois, un cours élevé, par des moyens auxquels le gouvernement n'est point resté étranger. En 1825, elle retentit en Angleterre avec une violence qui menaça l'existence du pays. Cette calamité sociale s'est prolongée en France jusqu'en 1830, sans que le cours des rentes cessât de monter.

Ces faits sont remarquables. La ruine de notre commerce intérieur et extérieur coïncide parfaitement avec l'accumulation sur la place de Paris, à l'aide du syndicat des revenus généraux, des capitaux de tout le reste de la France, et qui, faute d'emploi dans des affaires réelles, refluèrent sur la Bourse, où s'offraient pour eux un double appât, un intérêt assuré, et les chances d'une hausse presque certaine.

Une grande catastrophe était inévitable. Elle est arrivée au premier motif grave qu'en ait donné le pouvoir.

Avant de songer à réparer les fautes d'une administration aussi opposée aux vrais intérêts du pays, il fallut pourvoir à la sûreté de l'état, à son indépendance, réorganiser l'armée de terre et l'armée navale.

De là les charges excessives qui ont accru nos budgets. C'est donc une question politique plutôt que financière.

En 1830, et même encore au commencement de 1831, l'opposition voulait la guerre. Des sentimens généreux portèrent beaucoup de cœurs français à répondre à cet appel, fait au nom de nos vieux souvenirs. Les idées de gloire germent promptement en France!

Le gouvernement avait seul le secret de notre

position réelle; il ne put dire à la tribune jusqu'à quel point les cadres de notre armée étaient vides. Il fallait former, non seulement des soldats, mais aussi des sous-officiers, classe précieuse, qui fait la force des corps, et dont la restauration avait presque détruit le principe, en lui interdisant tout espoir d'avancement.

On ne présenta point aux chambres l'affligeant tableau de la situation de nos arsenaux et de nos places fortes: mais on s'occupa vivement d'y porter remède. Le matériel de l'armement s'est accru, et la garde nationale, comme l'armée, en a été pourvue sur tous les points de la France. Nos places fortes ont été réparées, et de nouveaux moyens de défense ajoutés à leurs ouvrages.

La cavalerie, l'artillerie et les équipages, reçurent les chevaux dont ils avaient besoin, et qu'il fallut tirer de l'étranger. On porta au complet l'habillement et l'équipement de près de cinq cent mille hommes, et les approvisionnemens de réserve en tous genres, nécessaires à cette nombreuse armée, excitèrent une sollicitude active.

Ces dépenses ont dû continuer, malgré l'espoir de consolider la paix, car il fallait éviter l'imprévoyance dont le gouvernement déchu a failli nous rendre victimes. Le matériel de l'armée doit être complété, pour le service actif comme pour les réserves, quand bien même la moitié des troupes serait envoyée en congé. Au moment du rappel, il serait trop tard pour y pourvoir, puisqu'alors ce matériel deviendrait immédiatement nécessaire, et qu'il ne suffirait pas de voter des fonds pour le rendre disponible.

Bien des personnes ignorent que, même pour l'armement, les approvisionnemens doivent de beaucoup surpasser l'effectif, et que, par exemple, il faut, *pour chaque soldat* d'infanterie, *trois* fusils, dont deux en réserve, et un en service. La création d'un matériel de cette nature exige, non seulement de l'argent, mais aussi du temps, car les moyens les plus actifs ne peuvent élever, en France, la fabrication des armes de guerre, audelà de trois à quatre cent mille fusils par an.

Le ministère de la marine a dû, sans doute, pourvoir à des besoins analogues à ceux de la guerre; et cependant au milieu de toutes ces causes de dépenses extraordinaires, il fallait trouver encore les moyens de réparer les désastres, que les journées de juillet ont causés dans un grand nombre de familles, et, en attendant que les ateliers pussent reprendre de l'activité, donner du pain aux ouvriers que les évènemens ont éloignés de leurs travaux.

Telles sont les causes qui devaient inévitablement élever le chiffre de nos budgets. L'on peut y joindre, sans doute aussi, l'exagération dans quelques dépenses, qui est résultée de la précipitation avec laquelle on a dû les faire.

Après avoir signalé toute la gravité des difficultés que le gouvernement avait à vaincre, il nous sera permis d'examiner, avec la même franchise, si le système actuel d'administration, qui est à-peu-près le même que sous la restauration, est en harmonie avec nos besoins, et s'il peut amener les améliorations que nous regardons comme indispensables au salut de l'état.

La France a dû payer, depuis le mois de juillet 1830, deux ou trois cents millions par an de plus que le milliard; elle a satisfait à cette obligation, soit par le produit des taxes, soit par l'achat des rentes du fonds commun, ou des obligations des emprunts nouveaux, soit par l'achat des bois de l'état. De quelque manière que l'argent des citoyens entre dans le trésor public, c'est une charge pour le pays, dès l'instant où il doit être affecté à des dépenses.

Verrons-nous là un signe de prospérité, de richesse?

C'est ce que prétendait M. de Villèle, chaque fois qu'il se félicitait, à la tribune, de trouver dans les recettes produites par les impôts, un excédant sur les évaluations portées au budget.

La situation actuelle résout cette question de la manière la plus fâcheuse. Il est évident que, malgré la facilité avec laquelle des sommes énormes ont été votées, recouvrées et dépensées, malgré l'activité que ces dépenses ont donnée à certaines branches d'industrie, la prospérité publique n'a généralement fait que décroître.

La cause en est dans la destination que ces dépenses extraordinaires ont reçue.

Elles ont toutes été faites pour des consommations improductives.

Nécessaires, indispensables même, elles ont occupé des ouvriers, employé des marchandises, des matériaux; mais quel bien ont-elles fait à la circulation?

Ces marchandises, ces matériaux, ces journées de travail, ont été affectés à l'organisation, à l'entretien d'une nombreuse armée dont, fort heureusement sans doute, les circonstances n'ont point réclamé le concours actif. Toutefois nous devons dire que nous avons supporté une partie des charges de la guerre, sans en courir les chances favorables.

Dans l'état actuel de notre organisation, une armée nombreuse, nourrie et payée à l'intérieur, aux frais du pays, est doublement une cause de ruine, car elle emploie des hommes qui ne travaillent point, qui ne produisent point, et qui consomment. Ils sont donc perdus pour la population active. Ils la chargent sans lui profiter.

Ces résultats seront rendus sensibles par des chiffres.

Le budget ordinaire du ministère de la guerre s'élève, pour 1832, à 307 millions, pour un effectif de 410,000 hommes.

Cette armée forme la partie la plus virile de la population. Livrés aux travaux de l'agriculture, de l'industrie, ces 410,000 hommes produiraient au moins autant que ce qu'ils coûtent à l'état. C'est-à-dire 750 francs pour chacun, ou en tout 307 millions.

Cette somme se trouvera donc en moins dans les produits généraux du pays : c'est une perte réelle pour la fortune publique.

Une telle perte n'existerait pas, en effet, si, pendant les années de paix, l'armée était appliquée à des travaux d'utilité publique, à creuser des canaux, à construire des routes et des chemins vicinaux, qui manquent presque entièrement en France. Cet emploi des loisirs de nos jeunes soldats permettrait de conserver notre organisation militaire, sans charge pour le pays, et seulement en transportant, au budget de la guerre, une partie du crédit affecté aux ponts et chaussées.

Les Romains nous ont donné, à cet égard, de mémorables exemples. Les travaux remarquables exécutés par leurs légions, dont la plupart subsistent encore, attestent la sollicitude qu'ils portaient à l'établissement de ces communications faciles, qui sont les vastes artères par lesquelles s'opère la circulation commerciale d'un pays.

Il est pénible de penser que les Romains aient été plus avancés que nous en économie politique. Les formes de leur administration ne comportaient pas, il est vrai, ces conflits d'attributions qui apporteront, long-temps encore, des obstacles insurmontables à ce qu'un pareil système soit mis à exécution parmi nous. Il faudrait du temps pour concilier, en pareil cas, les prétentions de deux corps savans, le génie militaire et les ponts et chaussées, qui revendiqueraient chacun le droit de diriger les travaux, et surtout les dépenses.

Il n'existait pas à Rome d'administration des ponts et chaussées. C'est peut-être à cette absence d'organisation du génie civil, que l'on doit l'achèvement de ces admirables voies romaines, construites à travers d'immenses contrées étrangères, et qui font, encore en ce moment, l'étonnement de l'ancien monde, où on les rencontre de toutes parts.

Ici se présentent naturellement deux questions, dont l'examen doit être utile quand on s'occupe de budgets, d'impôts et de contribuables.

Elles ont chacune leurs défenseurs.

1° Convient-il à la prospérité d'un pays d'y lever de gros impôts, pour les répartir ensuite en traitemens et en travaux ?

2° Convient-il mieux, au contraire, de réduire les recettes, et par conséquent les dépenses ?

Nous avons posé ces deux questions, parce qu'elles se partagent beaucoup de bons esprits.

Quelques uns pensent qu'en mettant aux mains du gouvernement d'énormes ressources, en lui permettant de beaucoup dépenser, on établit une grande circulation d'espèces favorable à l'industrie, on procure du travail aux pauvres, et par conséquent on leur donne du pain.

Assez généralement, les personnes qui professent cette opinion, défendent les gros traitemens, une liste civile élevée, et tout emploi des deniers publics qui alimente la fabrication des objets de luxe. Elles disent qu'il en est de l'argent comme de l'eau, qui, tombant goutte à goutte, ne produit aucun effet, mais qui, réunie en filets et en ruisseaux, féconde les terrains qu'elle peut arroser.

Cette comparaison ne nous semble pas appliquée avec justesse. La pluie qui tombe légèrement fertilise les récoltes ; celle qui fond en orages les dévaste. Les ruisseaux entretiennent une fraîcheur bienfaisante dans les campagnes, mais les torrens entraînent les bestiaux et les moissons.

Si l'argent levé pour payer largement de hauts fonctionnaires n'était prélevé que sur le superflu des riches, sans nul doute, en admettant que les traitemens fussent dépensés, ce qui n'est pas toujours, cet argent se répartirait sur les classes souffrantes, et augmenterait leur bien-être.

Mais nous venons de voir que ces classes seraient, elles-mêmes, appelées à contribuer aux gros traitemens dans une proportion plus forte que les riches. Les travaux de luxe ne leur rendraient qu'une faible partie de ce que leur enlèveraient les taxes. Ainsi que l'a dit très spirituellement un écrivain qui a de la célébrité, ce serait prendre dans la poche du pauvre un sou pour lui rendre un liard.

Nous contestons donc cette opinion que le pays profite des impôts qu'on lui fait payer pour fournir à un petit nombre de personnages éminens, qui ne lui en témoignent pas une bien vive reconnaissance, les moyens d'avoir de beaux hôtels et des équipages brillans. Nous trouvons, au contraire, qu'il ne peut en résulter qu'un mauvais emploi de la fortune publique, puisque la plupart des gros traitemens sont employés à des dépenses improductives, à des consommations surabondantes, et par conséquent nuisibles au bien-être général.

Admettrait-on, au contraire, que ces consommateurs rendent au peuple, par leurs dépenses, tout ce qu'ils en reçoivent par leurs traitemens? Alors nous demanderions quelle nécessité il peut y avoir d'organiser une semblable circulation d'espèces, qui coûte toujours au pays les frais de perception, semblables aux rouages inutiles, qui occasionent dans les machines des frottemens en pure perte.

Nous conviendrons, toutefois, qu'il est utile de donner au gouvernement, soit par des taxes, soit même par des emprunts contractés à un taux favorable, les ressources nécessaires pour construire des routes, des ponts, des canaux, pour fonder des écoles publiques, des établissemens modèles de culture, et favoriser le développement des nouvelles méthodes d'agriculture ou d'industrie.

Ce ne sont pas là réellement des dépenses, mais bien plutôt des placemens de capitaux avantageux pour tous les producteurs, et par conséquent pour les contribuables, car ils augmentent la fortune publique, non pas fictivement, par un accroissement de valeur nominale, mais en ajoûtant aux revenus, et en réduisant les frais de production.

Il est d'autant plus nécessaire d'investir un gouvernement sage, éclairé, de semblables témoignages de la confiance du pays, que presque jamais l'industrie particulière n'est en mesure de pourvoir, par elle-même, à des travaux d'essais et d'améliorations. Il serait bon que le gouvernement eût les moyens et la volonté de seconder, par des secours d'argent, ces sortes d'investigations et de recherches.

Malheureusement, ces idées sont fort éloignées du système suivi par notre administration, qui, convaincue de sa capacité industrielle, croit exécuter plus vite et à moins de frais que les entreprises particulières. Nous devons penser, du moins, que telle est son opinion, puisqu'elle emprunte, à des capitalistes, les fonds nécessaires aux grandes constructions qu'elle fait opérer directement pour son compte.

En Amérique, en Angleterre, on agit tout autrement. Le gouvernement prête, au contraire, des capitaux aux particuliers, et leur offre toutes les facilités, tous les avantages, qui peuvent les déterminer à entreprendre pour leur compte personnel. Il en résulte économie et célérité dans les travaux. Ajoutons que ces pays sont ceux où les communications, ouvertes par ce moyen, sont le mieux établies, car il est littéralement vrai qu'on circule à travers les états, encore peu peuplés, de l'union américaine, plus vite et à moins de frais que dans la plupart de nos départemens. Il faut donc reconnaître que la méthode suivie dans ces deux pays pourrait bien être meilleure que la nôtre, et nous devons souhaiter que notre gouvernement en fasse au moins l'essai.

Il est essentiel, aussi, que l'attention de l'administration puisse se porter sur les améliorations dont l'industrie ou l'agriculture étrangères sont l'objet. Un pays ne peut réellement prospérer que s'il se maintient, à cet égard, sur la même ligne que ses rivaux.

En France, on procède d'une manière singulière à cet égard. Si nos voisins découvrent un moyen de produire, à moins de frais que nous, un article de consommation, au lieu de chercher à propager, parmi nos industriels, les procédés auxquels sont dus ces favorables résultats, et de mettre ainsi nos compatriotes en état de soutenir la concurrence avec avantage, on se contente de frapper cette marchandise d'un droit qui en empêche l'introduction, afin d'éviter qu'elle puisse être vendue à bas prix sur nos marchés.

On appelle cela *protéger notre industrie.*

Il vaudrait mieux dire qu'on protége, et qu'on encourage même la paresse, l'ignorance, ou l'esprit routinier de nos fabricans.

Ce système peut bien reculer de quelque temps une catastrophe, d'ailleurs inévitable, mais il ne saurait l'empêcher.

Nous citerons pour exemple, à l'appui de cette assertion, nos usines à fer.

Le tarif sur les fers étrangers, qui sont fabriqués, pour la plupart, à la houille et au cylindre, avait pour objet de *protéger* nos usines au charbon de bois et au gros marteau. Il n'a réellement profité qu'aux propriétaires de forêts, qui ont vendu leurs coupes de bois d'autant plus cher; ce qui, par parenthèse, a nui aux consommateurs de combustible de toutes les classes.

Ce droit excessif n'a, d'ailleurs, nullement préservé de leur ruine, ceux de nos maîtres de forge qui n'ont pu monter des usines à la houille et à cylindres. Ainsi que l'a dit à la commission d'enquête un de nos plus grands propriétaires d'usines, ils ont préféré mourir de consomption plutôt que de mort subite.

est facile à une administration familière avec

les saines doctrines d'économie politique, et qui agit hors de l'influence de la routine, de prévenir des malheurs semblables, sans commettre des fautes qui les aggravent. C'est alors qu'il est important de lui confier des ressources étendues, et que l'élévation du budget peut devenir un signe de prospérité. Par les soins vigilans de cette administration, les distances se rapprochent, les obstacles s'aplanissent, et elle donne une valeur à des produits, que les difficultés d'exploitation ou de transport empêchaient d'utiliser ou de vendre.

Que de portions fertiles de notre belle France auraient besoin qu'une sollicitude éclairée ouvrît un débouché à leurs blés, à leurs vins, à leurs immenses forêts!

Il est superflu, sans doute, d'opposer l'application louable, salutaire, des ressources de l'état, faite ainsi à des dépenses productives, qui augmentent les revenus particuliers, et par conséquent aussi les revenus publics, au tableau d'un budget dont la destination spéciale serait de répartir, entre de hauts fonctionnaires et les titulaires de quelques charges de cour, une portion notable des impôts si péniblement acquittés par les véritables travailleurs.

En vain prétendrait-on que cet emploi de la fortune publique aurait pour objet de donner de l'activité à l'industrie manufacturière, c'est-à-dire à la fabrication des objets de luxe.

Nous demanderions s'il est bien vrai que le luxe contribue à la prospérité d'un pays.

Aucun doute ne pourrait exister à cet égard si,

par luxe, on entendait ce qui est commode et utile: ce que nos voisins ont appelé *confort.*

On conçoit, en effet, que si, dans toutes les classes de la population, régnait cette aisance qui permet une nourriture saine, abondante, des vêtemens propres, chauds en hiver et légers en été, des habitations commodément distribuées, des rues larges, des routes toujours bien entretenues, exemptes de trous et d'ornières, ce luxe ferait le bonheur du pays, et la gloire du gouvernement qui aurait réussi à le propager.

Mais lorsque le luxe se manifeste par de beaux équipages, qui circulent sur des routes trop souvent défoncées, ou à travers des rues sales et mal tenues, par de riches étoffes, des parures brillantes d'or et de diamans, des meubles magnifiques, des cristaux et des bronzes décorant les étages inférieurs, tandis que sous le même toit règnent, dans la partie supérieure du même hôtel, la misère, le dénuement et la faim; ce luxe, qui n'ajoute rien au bien-être réel de ceux qui l'étalent, est une calamité sociale dont il faut arrêter les progrès au lieu de les encourager.

Il vaudrait sans doute beaucoup mieux, pour le pays et pour le commerce, diriger l'industrie vers la fabrication des draps communs, à bon marché, et des autres étoffes qui peuvent permettre aux habitans de nos campagnes de changer plus souvent de vêtemens, que de lui laisser produire avec excès les draps fins, les mousselines, les tissus précieux, dont la consommation est essentiellement bornée, même pour l'exportation.

Cette exubérance de certains produits, qui ne trouvent plus d'acheteurs parce qu'ils ne sont pas à la portée de toutes les bourses, encombre les magasins, gêne ou ruine les fabricans et les marchands, porte enfin le trouble et le malaise dans tous les genres d'industrie, par l'effet de la réaction inévitable qui s'exerce d'une branche sur l'autre.

Que notre industrie, que notre agriculture, par l'adoption de procédés plus économiques et mieux entendus, parviennent à produire à meilleur marché, qu'elles s'attachent surtout à travailler pour les consommateurs les plus nombreux, pour les classes moyennes et inférieures, elles ne manqueront jamais de débit.

Il est à remarquer que malgré la crise actuelle, plus intense encore depuis quelques mois, parce qu'elle s'est compliquée d'inquiétudes politiques et de charges extraordinaires, au moment où tout ce qui est commerce de luxe éprouve les plus grands embarras, les fabriques de Rouen sont en pleine activité, et les ventes deviennent plus nombreuses à chaque nouvelle halle. Le bas prix des étoffes de coton permet au consommateur le plus pauvre d'acheter, malgré sa gêne, ce qu'il ne pouvait se procurer dans des temps plus heureux, parce que les prix en étaient trop élevés.

Le fabricant, qui a restreint ses bénéfices, trouve donc, par une vente plus prompte et plus considérable, des avantages qu'il n'aurait point obtenus en maintenant ses prix.

Il en serait de même pour tous les produits

applicables à la consommation des classes populeuses. Leur abondance, leur bon marché, ne peuvent qu'en propager le débit et l'usage.

Nous sommes malheureusement fort loin encore d'une semblable situation. Nos industriels de toutes les classes négligent beaucoup trop ces consommateurs qui, malgré l'exiguité de leurs ressources, méritent cependant toute la sollicitude des producteurs par la multiplicité de leurs besoins.

D'un autre côté, le prix élevé des terres, celui des baux, l'imperfection de nos méthodes, enchérissent nos produits agricoles, au point que, pour le peuple, quelques uns d'entre eux sont des objets de luxe.

N'est-il pas affligeant, lorsqu'on voit les soins recherchés avec lesquels la table des riches est alimentée des comestibles les plus rares et les plus délicats, de penser qu'un sixième des habitans de la France n'a pas assez d'aisance pour manger du pain de froment? Que plus du cinquième ne consomme jamais de viande?

Dans ce pays si fertile, qui possède de si beaux champs, des herbages si renommés, la culture est tellement arriérée, qu'on ne récolte pas assez de blé pour la consommation de tous les habitans, et qu'il faut tirer des chevaux et des bestiaux de l'Allemagne, de la Bohême et de la Belgique!

Ces contrées étrangères, malgré les frais de route et les droits énormes dont l'introduction est frappée, peuvent encore nous fournir leurs élèves avec avantage! Il est évident que notre agriculture, autrefois si vantée, a maintenant besoin de toute la sollicitude de l'administration.

Toutefois, en déplorant cette infériorité de nos méthodes de culture, nous sommes loin de méconnaître ce grand principe d'économie politique qui veut qu'un pays bien administré reçoive de ses voisins les produits qu'ils fabriquent ou qu'ils obtiennent à des prix moindres que les siens. Il est évident que c'est le seul moyen de pouvoir, à son tour, vendre aux étrangers les objets à l'égard desquels on a l'avantage, car si l'on n'acceptait pas leurs denrées ou leurs marchandises en paiement, tout commerce avec eux cesserait bientôt, puisqu'ils n'auraient plus aucun moyen d'échange.

Que les Belges nous fournissent donc leurs bestiaux ou leurs blés, tant qu'ils pourront nous les donner à des prix inférieurs aux nôtres; notre population y trouvera la possibilité de se procurer un objet de consommation qui, par sa cherté, lui serait interdit. Nos fermiers souffriront sans doute un peu de cette concurrence, tant qu'ils n'auront pu réduire leurs frais de production, ou les prix excessifs de leurs baux.

Dans la première de ces améliorations, l'administration leur doit son concours et son appui; la seconde arrivera nécessairement par la force des choses, car le prix des propriétés, qui a éprouvé depuis quelques années tant d'augmentation, doit inévitablement se niveler avec les ressources des consommateurs qui achètent leurs produits.

D'un autre côté, nos vignicoles profiteront du

débouché ouvert à nos vins, par le commerce d'échange ainsi établi avec nos voisins, si toutefois le gouvernement, en frappant les produits étrangers de droits excessifs, équivalant à une prohibition, n'attire pas sur les nôtres d'inévitables représailles.

Nous croyons avoir assez démontré le peu de profit qu'un pays peut tirer des encouragemens donnés à la fabrication des objets de luxe. Les gros traitemens accordés uniquement dans ce but seraient donc essentiellement nuisibles à sa prospérité.

Recherchons de nouveau les causes de ce malaise général qui se manifeste sous tant de formes différentes.

Une des principales est, sans doute, le nombre excessif des gens inutiles à la production, et aux consommations desquels les travailleurs doivent pourvoir.

Dans l'état de société, les travaux se partagent naturellement entre tous les habitans d'un même pays.

Le laboureur cultive pour tous : il échange ses grains, ses fourrages, ses bestiaux, contre les instrumens aratoires, les constructions, la main-d'œuvre nécessaire à sa culture, les étoffes employées à ses vêtemens, et les soins donnés, par les travailleurs intellectuels, aux affaires dont il ne peut personnellement s'occuper.

Il en est de même pour tous les autres travailleurs matériels : leurs produits s'échangent mutuellement, et occasionent ce mouvement, cette circulation, qui sont la vie, la prospérité, de l'industrie et du commerce.

On doit admettre également que dans l'ordre le plus régulier, un certain nombre de consommateurs est constamment hors d'état de travailler à la production.

Il comprend :

Les enfans en bas âge,

Les vieillards,

Les malades et les infirmes.

Excepté ces trois classes d'individus, chacun des habitans devrait contribuer, pour sa part, au bien-être des autres ; et réciproquement.

Mais il n'en est point ainsi, et le nombre des consommateurs inutiles au pays, s'augmente inévitablement :

1º De tous les riches vivant d'un revenu que, trop souvent, ils ne doivent pas à leurs travaux personnels ;

2º Des gens paresseux et fripons ;

3º Des gens mal employés.

Ces derniers sont en grand nombre, et les efforts d'une administration éclairée doivent tendre à donner à leurs travaux une direction favorable au pays.

Pour arriver à ce but, il faudrait principalement encourager l'industrie, si habile à créer des travaux : on y parviendrait, soit en levant les entraves qui, trop souvent, arrêtent son développement, soit en favorisant les échanges avec nos voisins, par un système de douanes plus en harmonie que le nôtre avec l'état actuel de la civilisation, qui repousse les prohibitions comme les proscriptions de personnes.

On propagerait ainsi le goût des professions utiles, en fournissant à l'industrie les moyens de leur donner plus d'activité. L'on guérirait un nombre immense de citoyens de cette fureur des emplois, qui transformera bientôt, si l'on n'y porte remède, la moitié de la population active, en solliciteurs ou en commis.

On serait effrayé si l'on calculait le nombre des plumes qui sont taillées, chaque matin, et mises en mouvement pendant une partie de la journée, soit pour administrer les affaires du pays, soit pour régir bien ou mal celles des particuliers, soit enfin pour régenter l'espèce humaine. Il y en a sans doute des millions qui travaillent ainsi sans relâche, comme sans utilité, car les écrivains et les scribes pullulent dans toutes les villes.

Quant aux villages, c'est bien différent. Par suite de la manie des places, il y a migration continuelle de tout individu qui possède les premiers élémens de l'écriture et du calcul, et qui préfère végéter dans un bureau, plutôt que d'être un bon artisan, et d'exercer une profession laborieuse, utile. Aussi, dans un bon nombre des 38,000 communes de France, ne reste-t-il pas un seul individu sachant lire et écrire, auquel on puisse confier les fonctions de maire.

Il est impossible, sans doute, d'évaluer avec précision le nombre des consommateurs inutiles, que les producteurs matériels sont forcés de nourrir, d'habiller et de loger; mais il peut être intéressant de présenter la nomenclature de toutes les classes principales de la société, rangées dans l'ordre de leur utilité au bien-être matériel de la population, avec le chiffre approximatif des individus qui composent quelques unes d'entre elles. Pour plusieurs autres, les tables de population, ou les colonnes du budget, fournissent des documens plus certains.

Il est inutile de faire remarquer qu'il ne faut chercher, dans l'ordre de cette classification et dans les rapprochemens qu'elle peut amener, qu'une idée toute spéculative, une proposition d'économie politique.

CLASSES PRINCIPALES DE LA SOCIÉTÉ

RANGÉES PAR ORDRE D'UTILITÉ MATÉRIELLE.

Classes	Nombre
1° Les propriétaires qui cultivent, les fermiers, les gens employés à la culture, aux travaux champêtres, et à la préparation des substances alimentaires. . . . 2° Les producteurs et ouvriers en fer, en bois, en maçonnerie et en constructions. . . . . 3° Les voituriers, bateliers et marins. 4° Les commerçans uniquement occupés de la circulation et de la vente des produits indispensables à la vie. . . .	env. 10,000,000
5° Les personnes vouées à l'enseignement, et les professions qui se rattachent à l'art de guérir. . . . . 6° Les gouvernans de tous rangs, les fonctionnaires et employés *utiles* de l'administration (le tiers de la totalité). . . 7° L'ordre judiciaire, les notaires et officiers ministériels.	env. 300,000
à reporter.	10,300,000

Report. . . .	10,300,000
8° L'armée de terre et de mer, les employés qui s'y rattachent (chiffre plus exact).	700,000
9° Les gens de lettres, les artistes et les ouvriers employés aux travaux d'art. . 10° Les producteurs d'objets de luxe et leurs ouvriers.	env. 2,000,000
11° Les ecclésiastiques et ministres de toutes les sectes (chiffre exact).	60,000
12° Les banquiers, les spéculateurs sur marchandises et sur les fonds publics, les agens de change, les courtiers. . . . 14° Les propriétaires fainéans.	env. 4,700,000
14° Les rentiers et pensionnés sans travail.	500,000
15° Les employés et fonctionnaires inutiles (les deux tiers de tous ceux de l'administration). . . . . 16° Les courtisans et les solliciteurs. . . 17° Les laquais de luxe et gens de livrée.	env. 440,000
18° Les enfans au-dessous de 12 ans, et les vieillards au-dessus de 60 ans, les malades, les infirmes et les mendians (chiffre plus exact).	13,000,000
19° Les vagabonds, les filous de profession et les condamnés.	300,000
Total. . . .	32,000,000

Ce tableau, quelque incomplet qu'il soit, peut fournir matière à des appréciations plus exactes, et à des réflexions sérieuses. Le nombre des individus inutiles à la production ou aux besoins sociaux, et dont par conséquent les consommations sont des charges pour les véritables travailleurs, est, à ces derniers, dans la proportion de *deux* contre *un* environ. Chaque producteur utile travaille donc pour trois personnes.

Les efforts d'une administration paternelle et prévoyante doivent s'attacher à réduire cette masse de parasites, ne faisant rien de bon pour eux ni pour les autres, véritables frêlons de la ruche sociale, car il est à craindre que la portion laborieuse de la société ne puisse long-temps supporter le joug qui lui est imposé, s'il n'est allégé.

Il est bon de relever ici une erreur qui a été reproduite à la tribune. On a classé parmi les producteurs, les capitalistes qui placent leurs fonds dans l'industrie.

Sans contredit, les capitaux aident à la production; ils ne seraient pas *des capitaux* s'ils ne recevaient pas cette destination. Mais le propriétaire qui les loue moyennant un intérêt plus ou moins élevé, ni celui qui loue sa terre moyennant un bail, ne sont pas des producteurs. Ils ne méritent ce titre qu'autant qu'ils coopèrent eux-mêmes, par leurs soins et leur intelligence, à l'exploitation de leur propriété mobilière ou immobilière.

S'ils se bornent à toucher leurs revenus et à les dépenser, ils sont complètement étrangers au travail productif, et doivent être rangés dans la classe des consommateurs fainéans.

Dans un badinage spirituel, rempli de vues philosophiques, Voltaire nous a peint les tribulations d'un rentier, vivant péniblement des 40 écus, ou des 120 francs, que lui faisait écheoir le partage du revenu total du pays.

Le revenu actuel de la France est évalué à *huit milliards*; en le répartissant entre les 32 millions d'habitans de tout sexe et de tout âge, il donne justement 250 francs par tête.

En faisant même la part des erreurs dans lesquelles de fausses évaluations ont pu faire tomber Voltaire, il est évident que le bien-être de chaque habitant de la France s'est accru, d'une manière prodigieuse, depuis moins d'un siècle. Il en sera toujours ainsi, tant qu'il y aura une augmentation dans la masse des produits.

Il est permis de penser que la division des propriétés a autant contribué à cette amélioration que les développemens donnés à l'industrie. Le goût du travail s'est propagé. Le nombre des inutiles a diminué progressivement, et à mesure que des bras nouveaux se livreront à la production, le revenu du pays et le bien-être de chacun de ses habitans s'accroîtront encore simultanément.

Le gouvernement seul peut réaliser cet avenir heureux pour notre belle patrie. Nous venons d'en indiquer le moyen : c'est d'encourager le travail et la production.

Encourager le travail, paraîtra chose naturelle à tout le monde. On conçoit aisément que l'homme occupé gagnant un salaire, réalise un bénéfice, et peut satisfaire à ses dépenses de nécessité, d'aisance, et même de luxe.

Encourager la production, pourrait bien effrayer ceux qui trouvent que l'on produit déjà trop, et que les machines, qui contribuent à ce résultat, sont des calamités pour le pays.

Obtenez des produits propres à la consommation de toutes les classes, vous n'en aurez jamais en trop grande quantité.

Employez utilement tous les bras, toutes les capacités, vous ne manquerez jamais de consommateurs.

Mais ne surchargez pas les contribuables par des impôts excessifs, mal répartis, et dont les frais de perception exigent une armée d'employés, détournés d'un travail utile, pour vexer ceux de leurs concitoyens qui les nourrissent et qui les paient.

La quotité des frais de perception devrait toujours être considérée en premier lieu quand on discute le mérite d'un impôt, car celui qui coûte beaucoup à recouvrer, est sans contredit doublement onéreux au contribuable.

On dit que la France est l'un des pays où les frais de perception coûtent le moins, parce qu'on prend pour exemple le terme moyen de ces frais, qui est d'environ 10 pour cent.

Mais on ne réfléchit pas à l'énorme disproportion qu'il y a entre les dépenses de recouvremens des divers genres de taxes.

Les impôts directs et l'enregistrement, qui font ensemble plus de la moitié des revenus de l'état, ne coûtent chacun que 5 pour cent.

Les autres impôts, qui sont tous *indirects*, et pour lesquels on a généralement tant de prédilection, coûtent de 15 à 35 pour cent.

On blâmerait vivement un particulier qui se procurerait des ressources à ce taux onéreux. Pourquoi n'en serait-il pas de même d'un gouvernement?

L'habileté des gens de finance consistait, sous l'ancienne monarchie, dans les premières années de la révolution, sous le directoire, et même pendant une partie de l'empire, à créer des ressources à tous prix pour des gouvernemens sans crédit; à faire des négociations difficiles; en un mot, à emprunter à gros intérêts.

C'était aussi le mérite des intendans des grands seigneurs d'autrefois.

Les temps sont changés; les besoins et les ressources ne sont plus les mêmes; pourquoi n'exigerait-on pas aussi maintenant de nos financiers une capacité d'une autre nature?

Pourquoi cette capacité ne consisterait-elle pas, par exemple, à substituer au mode ruineux, vexatoire, qu'on emploie pour la perception des impôts indirects, et qui, plus d'une fois, a soulevé des populations entières, un système plus simple, qui exigeât moins d'employés, d'écritures et de surveillance?

On *n'exerce* pas sur le blé : pourquoi donc *exerce*-t-on sur le vin?

On ne peut objecter, comme obstacle, l'immensité des récoltes en grains, qui s'élèvent à environ 100 millions d'hectolitres, car on récolte à peu près moitié autant d'hectolitres de vin, et les surveillans du fisc ne les perdent pas de vue, depuis la vigne jusqu'au verre du consommateur.

Il est plus naturel de penser qu'on n'ose point soumettre à une inquisition aussi sévère les céréales qui forment la base de la nourriture du peuple. Mais pourquoi faire une denrée de luxe du vin, qui est aussi devenu un objet de consommation de première nécessité?

La totalité des contributions indirectes, pour 1832, moins les tabacs, dont nous parlerons plus tard, est de 99,500,000 francs. Les boissons y entrent pour 70 millions. Il y a donc 29,500,000 francs de ces produits, qui pourraient être recouvrés sans exercices, et sans plus de frais que les impôts directs, c'est-à-dire 5 pour cent. A ce taux, il en coûterait pour cette portion 1,500,000 francs.

Or, les frais de perception des 99,500,000 francs s'élèvent en totalité à 20 millions. Il y a donc 18,500,000 francs qui s'appliquent spécialement aux 70 millions produits par les boissons. Il ne reste plus, ces frais déduits, qu'un revenu net de 51,500,000 francs, qui coûte 35 pour cent de perception, indépendamment des vexations qui les accompagnent.

Ne serait-il pas possible d'économiser les trois quarts, ou même les quatre cinquièmes de ces frais, par des abonnemens ou par des taxes directes? Il est sans doute plus convenable aux intérêts du propriétaire de vignes de laisser, au marchand qui lui achète son vin, l'embarras de faire l'avance d'une portion des droits, qui sont payés en plus grande partie par le consommateur. Mais si ces droits étaient réduits d'un quart de leur totalité, que coûte en trop la perception, l'avance serait plus facile à faire, et le consommateur achèterait une plus grande quantité de vin.

Il semblerait donc important de chercher une

combinaison, qui pût affranchir la denrée d'une portion de ces droits énormes, et des embarras qui les accompagnent. On accorde aux négocians des ports des termes et des facilités pour payer les droits d'entrée de leurs marchandises; ne serait-il pas possible d'appliquer ce système de crédit aux impôts directs dont on frapperait les vignes en raison du produit des récoltes?

L'application de ce mode de perception amènerait la suppression des exercices, et le renvoi à des travaux plus fructueux, d'une nuée d'employés tout à fait inutiles à la production. Il permettrait sans doute aussi de graduer les droits, en raison de la qualité et de la valeur des vins, proportion qu'il serait facile d'établir au lieu de la récolte, puisque le prix de chaque crû est notoirement connu dans le pays. De cette façon, le vin de Surenne ne serait pas frappé d'un droit égal à celui que paierait l'Hermitage, ou le Clos-Vougeot.

Les frais de perception des droits de douane coûtent 15 pour cent de leur produit. Il y a sans doute aussi quelque chose à y réduire. Il paraît peu nécessaire, en effet, qu'un receveur principal ait un revenu suffisant pour qu'on puisse lui imposer, comme condition de sa nomination, l'obligation de payer des pensions sur le produit de sa place. Cela s'est vu quelquefois.

Toutefois, il sera nécessaire, encore pendant long-temps, de conserver, quelle que soit l'importance des droits de douane, l'armée d'employés qui surveille nos frontières, et qui comporte un effectif total de 34,000 hommes.

La loterie coûte 23 pour cent de son produit; les forêts 17 et demi pour cent. Il en coûte cher à l'état quand il est propriétaire!

Mais l'impôt le plus onéreux est celui des tabacs. Ici nous devons nous étendre avec quelque détail.

Le produit brut de la vente ne rend au trésor que 67,300,000 francs; mais il en coûte bien plus aux consommateurs, car indépendamment des remises en argent, qui sont d'environ 10 pour cent, et qui sont déduites du prix fixé pour la vente, les entreposeurs et les débitans reçoivent encore une bonification en nature, qui s'augmente naturellement par les bénéfices de détail.

Le prix moyen du tabac de toute qualité est de 8 francs le kilogramme, pour le consommateur. Il s'en vend environ 9,820,000 kilogrammes, qui représentent une somme de 78,550,000 francs.

La consommation moyenne de chaque individu étant évaluée à *une demi-once* par jour (réellement consommée ou perdue), ce qui fait 5 kilogrammes trois quarts par an, c'est pour chacun d'eux une dépense annuelle de 46 francs.

1,700,000 contribuables sont soumis à cet impôt, dont la perception occupe en employés, surveillans, entrepositaires et débitans plus de 45,000 personnes.

Cela fait *un* agent de la régie pour alimenter ou surveiller *quarante* tabatières.

Aussi allons-nous voir que les frais d'administration sont égaux à la valeur matérielle du tabac.

Nous avons dit que la vente réelle s'élève *brut* à. . . . . 78,550,000 fr.

	Report	78,550,100
Le trésor ne reçoit *net* que.		48,000,000
Il faut retrouver l'emploi de		32,550,000 fr.
Sur cette somme on paie :		
1° L'achat des feuilles. .	14,800,000	
2° Les frais de fabrication, portés au budget pour 5,513,000, mais qui ne coûteraient pas à l'industrie particulière plus de.	3,000,000	
Total du prix réel de fabrication.	17,800,000	17,800,000
Les agens de la régie reçoivent donc annuellement des contribuables. . . .		14,750,000 fr.

Ce qui fait plus de 32 pour cent du produit net.

Il résulte de tous ces détails que l'once de tabac se vend 5 c., dont

15 c. entrent dans les caisses de l'état,
5 c. dans la poche des employés,
5 c. sont le prix de la fabrication réelle.

Total. 25 centimes.

Appliquant ce calcul à la dépense annuelle du consommateur, qui est de 46 fr., il paie :

A l'état pour impôt.	27 fr.	60 c.
——— pour valeur réelle.	9	20
——— pour les employés.	9	20
Total. . . .	46 fr.	

Cet ordre de choses appelle un sérieux examen et un prompt remède.

Il serait facile de contrôler ainsi, pièce à pièce, l'arsenal entier des voies et moyens du budget. Ces investigations porteraient mieux leur fruit que les réductions mesquines, les chicanes de détail, qu'on dirige sur des dépenses souvent indispensables.

On attaque généralement, par exemple, l'élévation des salaires qui, sont à un petit nombre d'exception près, modérés ou insuffisans. Le mal est bien plutôt dans la multiplicité des emplois, dans les rouages trop compliqués de l'administration, dans les dépenses inutiles, surabondantes, qui naissent de cette complication; et de cela, personne ne s'occupe, ni la presse, ni la tribune, ni l'administration elle-même.

La presse, qui ne néglige aucune des grandes questions politiques et de principe, n'attaque l'administration que par des personnalités choquantes, et qui produisent une irritation toute naturelle; elle s'ôte ainsi les moyens de faire écouter des vérités utiles; elle se rend suspecte de passion, et perd tous les avantages qu'une sage modération lui ferait obtenir.

La tribune fait trop souvent comme la presse. Les discussions de faits sont rares. Un bien petit nombre d'orateurs sait se résigner au rôle peu brillant qu'on joue dans une question de chiffres. Ce rôle exige, d'ailleurs, des travaux assidus et des études spéciales, qui ne sont pas communs.

Les questions de finance et d'administration ont fréquemment été l'écueil des hommes de l'esprit le plus distingué. L'on peut être un académicien célèbre, un légiste habile, un excellent agronome, et un fort mauvais financier. On gère admirablement sa fortune, en défendant son intérêt privé contre ceux du public, aux dépens duquel seulement un particulier peut s'enrichir; on ferait fort mal les affaires de l'état en suivant la même marche, puisqu'il faut, au contraire, quand on en est chargé, servir les intérêts généraux contre des intérêts privés.

L'état n'est riche qu'autant que les diverses classes de la population sont, elles-mêmes, dans la prospérité ou dans l'aisance.

Ces notions, si simples, ne sont malheureusement pas assez répandues.

Le vote du budget soulève chaque année un grand nombre de questions d'économie. Chaque député s'est préparé à l'avance. Combien en est-il qui attaquent un abus réel? Lorsque la discussion est ouverte, que le ministre dont on contrôle les demandes, a prouvé, comme cela lui est presque toujours facile, qu'il ne peut être rien retranché de son budget particulier, toujours fait en conscience, l'orateur est forcé de battre en retraite, faute de connaissances spéciales, ou de documens suffisans, et le membre de l'opposition le plus tenace, après s'être proposé les économies par millions, est souvent très heureux d'obtenir une réduction de quelques milliers de francs, sur le salaire des expéditionnaires ou des garçons de bureaux.

Ce n'est pourtant pas là que doivent s'adresser les réformes: et cependant elles y aboutissent toujours. La condition des employés est généralement fort misérable. Leurs appointemens sont insuffisans pour les besoins les plus indispensables de la vie : la plupart font des dettes, et le registre des oppositions serait là pour en témoigner.

Un honorable membre a déclaré la guerre aux traitemens qui dépassent 3,000 fr. Il semblerait qu'aux yeux de certaines personnes, le titre de fonctionnaire public, ou d'employé du gouvernement, comportât l'idée du jeûne et de l'abstinence. Mais pourquoi l'état n'assurerait-il pas une existence honorable, une véritable aisance, à l'homme de capacité qui lui consacre ses talens et ses veilles?

Dans l'industrie, le commerce et la haute banque, on voit fréquemment des hommes, investis d'une haute confiance, toucher des traitemens de 12,000 fr., et même de 20,000 fr. Fort souvent ils y joignent une part d'intérêt dans des entreprises fructueuses, et presque toujours la gestion qui leur est confiée, est le principe d'opérations personnelles qui leur assurent un état honorable, une fortune brillante.

Les services rendus au pays, qui ne donnent aucune de ces chances favorables, doivent-ils, seuls, être médiocrement rétribués? Convient-il de réduire les salaires des employés de l'état au-dessous des besoins que comportent nos habitudes sociales? Est-il prudent et moral de mettre l'homme influent, le dépositaire des intérêts du pays, entre la gêne et la séduction?

Ces questions seront facilement résolues par les hommes habitués aux affaires, et chez lesquels les grandes pensées d'ordre et d'économie ne se traduisent pas en propositions mesquines et rétrécies.

On ne manquera pas, toutefois, d'objecter que le nombre des solliciteurs est tellement considérable, qu'il se trouverait assez de gens disposés à accepter tous les emplois, quand bien même les traitemens seraient encore réduits.

Cet argument n'est d'aucune valeur. L'homme qui sait travailler n'est jamais trop bien payé, et rarement il sollicite, car l'industrie particulière lui offre constamment des avantages.

Quant aux nullités, quelque médiocrement qu'on les rétribue, c'est toujours de l'argent mal dépensé.

Il faut, au reste, repousser comme un principe funeste, celui qui tendrait à réduire les traitemens au-dessous des besoins des fonctionnaires auxquels ils sont attribués; il aurait pour effet de concentrer les emplois entre les mains des riches, et de constituer une aristocratie *des sacs*, non moins redoutable aux libertés publiques que celle *des parchemins*.

Or, en ce moment même, la plupart des salaires sont au-dessous du taux nécessaire aux dépenses les plus indispensables.

Quelque peu convenable qu'il puisse être d'entrer ici dans une discussion de détail, nous croyons utile d'employer le secours des chiffres, pour démontrer à quelques honorables députés, convaincus, à ce qu'il paraît, qu'avec 3,000 fr. de rente, on vit fort honorablement dans une ville de l'intérieur, qu'un semblable revenu est tout-à-fait insuffisant à Paris, pour l'existence de la famille la plus modeste.

Les employés de l'état n'étant pas voués au célibat, nous devons supposer que l'homme qui occupe une place de 3,000 fr. dans un ministère, et qui est ordinairement un sous-chef de bureau, peut avoir femme et enfant.

Voici son budget, et si nous nous trompons, ce ne sera pas, certes, à son avantage.

Le logement le plus simple, dans un quartier reculé, lui coûtera au moins.	500 fr.
Son entretien d'habits, de linge et de chaussure.	400
Mêmes dépenses pour sa femme et son enfant.	400
Gages d'une domestique.	250
Nourriture de quatre personnes à 1 fr. 25 c. par jour.	1825
Chauffage, éclairage, impositions et dépenses imprévues.	325
Total. . .	3,700 fr.
Les 3,000 fr. d'appointemens sont réduits, par la retenue pour les pensions, et celle votée par les chambres, à.	2,700 fr.
Il y a insuffisance réelle de.	1,000 fr.

Un homme marié ne peut donc occuper une place de 3,000 fr. à Paris, qu'autant qu'il a une petite fortune personnelle, ou qu'il exerce en outre une industrie particulière. Beaucoup prennent ce dernier parti, et les affaires du bureau n'en vont pas mieux pour cela.

Si nous trouvons une insuffisance aussi grande dans les traitemens des employés principaux, que dirons-nous de ceux des rédacteurs, des expéditionnaires? Obligés à une certaine tenue, ils sont dans une situation bien moins favorable avec leurs 1,200 fr., 1,800 fr. ou 2,400 fr., que les ouvriers de nos ateliers, dont les journées se paient, à Paris, de 3 f. 50 c. à 10 f. par jour, sans aucune retenue, et qui ne sont pas forcés aux mêmes dépenses.

Les traitemens des chefs supérieurs de la haute administration pourraient seuls donner matière à des réductions de quelque importance; mais la mesure qui les frappe d'une retenue de 25 p. % n'est-elle pas déjà trop rigoureuse?

Il est vrai qu'une portion de ces émolumens étant destinés à des dépenses de représentation, il suffit à ces hauts fonctionnaires, pour retrouver, à la fin de l'année, la somme qui leur est ainsi retranchée, de faire annoncer de temps à autre par le Moniteur, *qu'ils ne recevront pas*, c'est-à-dire *qu'ils ne donneront pas à dîner tel jour*. C'est un avantage que n'a pas l'employé inférieur; il ne peut dire sans inconvénient à sa famille, qu'il supprimera, chaque semaine, un de ses jours de repas.

Le nombre des ministres, des directeurs, des préfets, n'est pas assez étendu, pour que de semblables réductions puissent être considérées comme de notables économies. Ces fonctions obligent, d'ailleurs, à des dépenses extraordinaires, qu'on ne peut raisonnablement supporter aux dépens de sa fortune particulière.

On a publié récemment un tableau des salaires attribués, dans les Etats-Unis, aux fonctionnaires de tous les rangs. Ils ont été trouvés plus élevés que les nôtres; et, cependant, c'est là le type des gouvernemens à bon marché.

On conçoit difficilement, en effet, qu'on puisse rien retrancher aux appointemens d'un juge de première instance, d'un substitut, qui reçoivent 1,800 fr. par an. Le capitaine de cavalerie, dont la solde est de 2,400 fr., et qui est obligé d'entretenir deux chevaux et des uniformes coûteux, n'est pas plus favorablement traité.

Le rapport du budget de 1832, donne sur ce point un document officiel important.

Le chiffre des traitemens payés par l'état est 201 millions. Cette somme se décompose de la manière suivante :

Traitemens au dessous de 2,000 f.	102,000,000
——— de 2,000 à 3,000	31,000,000
——— de 3,000 à 6,000	28,000,000
——— de 6,000 à 10,000	17,000,000
——— au dessus de 10,000	23,000,000
TOTAL. . .	201,000,000

Il est donc évident que c'est plutôt sur le nombre des emplois que sur la quotité des traitemens, qu'il faut faire porter les réductions. Il en résulterait un double avantage : 1° économie réelle qu'on pourrait rendre importante, tandis que celle qui porterait sur le taux des salaires, serait mesquine, illusoire ; 2° simplification dans les rouages administratifs qui sont si compliqués.

On parle beaucoup des réductions considérables qui, depuis quelques années, ont eu lieu dans le personnel des bureaux ; mais on oublie de nous dire comment ce personnel s'était élevé, successivement, à un effectif effrayant.

L'empire nous avait laissé les cadres d'une administration qui s'appliquait à cent trente départemens, et à cinquante millions d'habitans. On fit, à la restauration, une épuration générale. Tous les bons employés furent dénoncés par les mauvais. C'était un moyen assuré d'avancement pour ces derniers ; il leur réussit complètement. Les nouveaux ministres ne demandaient pas mieux, d'ailleurs, que d'avoir des places à donner.

On renvoya donc, avec ou sans traitement de retraite, le plus grand nombre des employés habiles, atteints et convaincus d'avoir bien servi l'usurpateur. Ceux qui les remplacèrent ne se seraient pas, certes, rendus coupables d'un pareil crime; c'étaient des incapacités, mais ils pensaient bien.

Ces protégés étant hors d'état de faire le travail, il fallut nécessairement augmenter les cadres, au lieu de les réduire, comme le voulait la force des choses, et même, dans certains cas, on fut obligé de reprendre quelques-uns de ceux qu'on avait si brutalement congédiés. Il fallut aussi placer les créatures des hommes influens, qui témoignaient une exigence extrême.

Cette nécessité, qui s'est reproduite à chaque changement de ministère, amena une progression tellement considérable daus le personnel des bureaux, qu'il fallut enfin songer à le réduire, et cette opération s'est faite généralement de manière à conserver toutes les incapacités, qui sont ordinairement les mieux pourvues de recommandations puissantes, ou qui se recommandent elles-mêmes par leurs bassesses.

C'est ainsi qu'on est arrivé à *restreindre*, si l'on peut employer ce mot, à un effectif de deux mille quatre-vingt-dix employés, le nombre bien plus considérable de ceux qui peuplaient les administrations financières. Le vaste hôtel Rivoli a été consacré au casernement de cette milice fiscale, qui, pour conserver ses emplois, ses attributions et surtout ses appointemens, se gardera bien d'indiquer les améliorations qu'il est possible d'apporter encore à notre comptabilité.

On cite avec éloge, et l'on a raison, l'ordre admirable qui règne dans cette comptabilité, toujours à jour, de telle sorte que tous les soirs, la situation de chaque comptable puisse être balancée: ce qui n'empêche pas que, de temps à autre, un dépositaire infidèle ne trouve les moyens de frustrer l'état de 3 ou 4 millions.

Mais le trésor n'a que *cent soixante-douze* correspondans principaux (*quatre-vingt-six* receveurs généraux et autant de payeurs), et par conséquent *cent soixante-douze* comptes courans importans à tenir. Il n'y a pas de maison de banque un peu considérable qui n'en ait un bien plus grand nombre, et qui, avec trois ou quatre commis employés à la tenue de ses livres et de sa caisse, ne puisse à chaque jour, à toute heure, donner la situation de chacun d'eux.

L'ordre qui règne dans notre comptabilité financière tient uniquement au mode simple, clair, expéditif, des écritures en partie double, et non pas à l'effectif des deux mille employés du ministère des finances. M. le duc de Gaëte, auquel on doit l'adoption de ce système d'écritures commerciales, aurait accru de beaucoup l'importance du service qu'il a rendu à l'état dans cette circonstance, s'il eût réduit en même temps aux proportions usitées dans la banque, le personnel des bureaux où cette comptabilité était introduite.

Mais il en est tout autrement. Voulez-vous toucher un mandat à l'une des caisses du trésor? Votre titre, précédé d'une lettre d'avis, annoté à l'avance sur un carnet d'échéance, au moyen d'écritures nombreuses, et qu'il devrait suffire de *pointer* pour qu'il fût immédiatement payé, passe successivement entre les mains de plusieurs commis, non pour y être soumis à une vérification d'écriture, quelquefois nécessaire, mais pour être inscrit sur plusieurs feuilles de contrôle, et fort souvent il est encore échangé contre un bon de caisse qui, seul, arrive aux mains du préposé chargé des paiemens.

Il est certain qu'on pourrait réduire des trois quarts le personnel de chaque caisse, et abréger ainsi des formalités qui font attendre, quelquefois plus d'une demi-heure, à chaque garçon de recette, que les employés chargés de contrôler l'effet à recevoir aient justifié la nécessité de leurs fonctions, en remplissant les volumes destinés à grossir, chaque année, les archives du ministère.

Cette superfétation de commis, d'autant plus remarquable au ministère des finances, que les appointemens y sont généralement plus élevés que partout ailleurs, se retrouve dans les autres ministères, quoique moins fortement. Tout homme habitué aux affaires, et qui connaît l'organisation de nos bureaux, conviendra qu'il est bien peu d'administrations où l'on ne pût aisément supprimer la moitié des employés, et quelquefois même les deux tiers, pourvu que la portion restante, dont on élèverait un peu les traitemens, fût composée d'hommes de capacité, de travailleurs.

Il est évident que des économies de ce genre, opérées sur 200 millions de traitemens, produiraient de tout autres résultats que les retenues proportionnelles de M. Dubois. Il serait d'ailleurs facile de les combiner de manière à froisser peu d'intérêts, et à n'atteindre que des gens dont l'inutilité est tellement évidente, qu'ils n'auraient pas même le droit de se plaindre.

La retenue, au contraire, blesse tout le monde; et quand elle enlève à un malheureux commis, qui n'a pas même le nécessaire, 150 ou 200 francs, il ne lui reste pas la ressource de faire retomber cette réduction sur son propriétaire ni sur son boulanger, qui, sur ce point du moins, ne reconnaîtraient pas l'autorité des chambres.

Une autre nature de charges, sur laquelle le temps seul peut amener un allégement, ce sont les pensions et retraites payées par le trésor, ou par d'autres caisses publiques. Il est effrayant de penser que leur chiffre total égale la moitié des traitemens d'activité, c'est-à-dire 102 millions. Les services anciens méritent, sans aucun doute, des récompenses; mais il est permis de croire qu'une administration plus vigilante et plus économe aurait restreint de beaucoup des secours qui ne sont dus réellement qu'aux serviteurs de l'état fortune. C'est dans ce sens qu'il faudra réformer les ordonnances qui régissent cette matière, et il en résultera sans doute pour l'avenir de nouvelles économies.

Nous avons voulu, dans cet écrit, signaler les principales causes de notre crise sociale, et l'insuffisance des moyens qu'on veut employer pour y porter remède. Nous n'avons point eu la pensée de tracer un plan d'administration, ni même un système de finance. Assez de gens, sans mission comme nous, se chargeront de ce soin, bien superflu toutefois.

Rarement on voit un gouvernement profiter des bons avis qui lui sont donnés par la presse, même avec l'accent de la bonne foi, et abstraction faite de toute passion, de toute aigreur. Nous avons donc peu d'espoir de voir nos observations écoutées, quelque importance qu'il pût y avoir à ce qu'elles le fussent.

Résumons-nous toutefois, et signalons les nécessités suivantes aux sommités du pouvoir, au risque de ne pas en être entendus.

1° Répartition plus égale des charges publiques, froissant moins les pauvres, pesant plus fortement sur les riches, dont les consommations ne sont pas assez taxées;

2° Encouragement de l'industrie particulière; multiplication du travail; amélioration des méthodes de culture et de fabrication; production plus abondante des objets de consommation à la portée des classes inférieures; réduction de la production des objets de luxe;

3° Economie notable à introduire dans les frais de perception des impôts indirects, et suppression de ceux qui ne peuvent être levés sans des frais excessifs;

4° Réduction du *nombre* des employés de l'état; amélioration du sort des travailleurs réels qui seront conservés; simplification des rouages administratifs.

Sur chacun de ces points, il y aurait sans doute beaucoup plus, et surtout beaucoup mieux à dire; mais nous serons heureux si, en rappelant des faits, et en les rapprochant des chiffres, nous avons signalé des abus, et indiqué le remède dont il ne nous appartient pas de spécifier l'application.

Quand on n'est pas au pouvoir, et que l'on ne peut, par conséquent, réaliser les améliorations dont on sent le besoin pour le pays, il est du devoir d'un bon citoyen de publier ses pensées, et même ses rêveries. Dans ce cas, les erreurs ne peuvent produire aucun mal, et si l'on a rencontré la vérité, quelque bien peut toujours en résulter. C'est alors la récompense la plus douce qu'on puisse recevoir de ses soins, de ses travaux.

Puissions-nous recueillir un semblable prix!

www.ingramcontent.com/pod-product-compliance
Ingram Content Group UK Ltd.
Pitfield, Milton Keynes, MK11 3LW, UK
UKHW021136230726
13926UKWH00002B/833

9 782014 052923